Publié par Scholastic, Inc. Distribué au Canada par Grolier.

ISBN 978-0-439-07791-0

Dépôt légal, Bibliothèque et
Archives nationales du Québec - 2007

Imprimé aux États-Unis

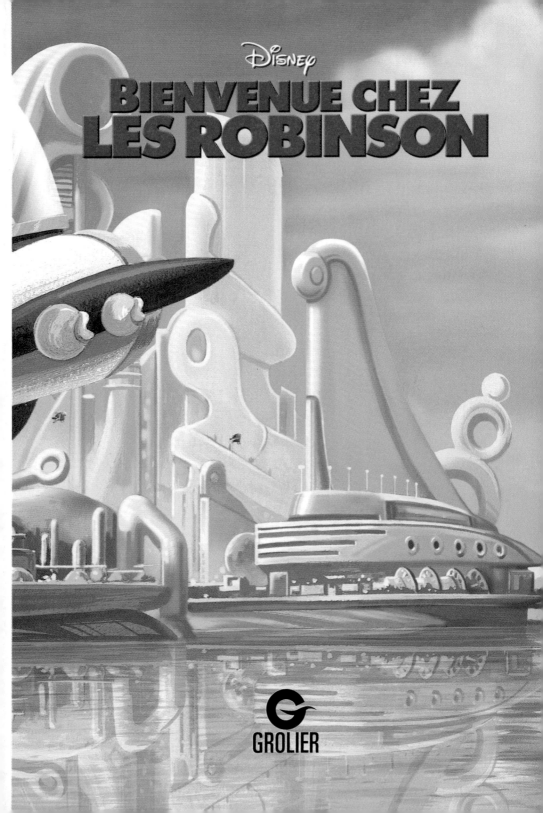

Par une froide nuit pluvieuse, quelqu'un déposa une boîte devant la porte de l'orphelinat de la 6ᵉ Rue avant de prendre la fuite.

Ayant entendu un bruit, Mildred, l'aimable directrice de l'orphelinat, alla ouvrir. Elle découvrit sur le seuil un nouveau-né abandonné.

Treize années ont passé et le bébé est aujourd'hui un jeune inventeur nommé Lewis. Il ne peut cependant pas inventer la chose à laquelle il tient le plus : une famille.

Un jour, Lewis fait la démonstration de sa plus récente invention à un couple qui, espère-t-il, l'adoptera. Mais son grille-sandwich au beurre d'arachide et confiture explose, éclaboussant tout dans la pièce, y compris les visiteurs.

Lewis est triste. Il aimerait tant que sa vraie maman soit là. Il décide donc de trouver un moyen pour se souvenir d'elle — il va créer un scanneur mémoriel qui, espère Lewis, ravivera les souvenirs du passé.

Lewis passe de nombreuses nuits d'affilée à mettre au point son invention, empêchant de dormir le pauvre Mike "Goob" Yagoobian, son compagnon de chambre.

Quand le scanneur mémoriel est prêt, Lewis décide de le présenter à l'exposition scientifique de son école.

Le grand jour arrivé, l'excitation bat son plein dans le gymnase. La professeure Krunklehorn, une véritable scientifique de chez Inventco, compte parmi les juges. Nerveux, Lewis dépose son invention sur la table et la cache sous une couverture.

Soudain, un garçon nommé Wilbur Robinson apparaît comme par magie. Il prétend venir du futur! Wilbur demande à Lewis s'il a vu un homme élancé portant un chapeau melon. Ce dernier aurait volé une machine à remonter le temps.

À l'insu des garçons, l'Homme au chapeau melon
est dissimulé près de là! Son acolyte, un
chapeau melon robotisé appelé
Doris, s'approche du scanneur
mémoriel, dévisse les boulons
du scanneur et retire une
équerre de fixation. Puis
Doris s'éloigne sans se faire
remarquer.

C'est alors le tour de Lewis de présenter son scanneur mémoriel aux juges. Dans un ronronnement, l'appareil se met en marche. Soudain, le ventilateur de l'appareil s'envole, brisant au passage les ampoules au plafond. Un véritable chaos règne bientôt dans le gymnase!

Les larmes aux yeux, Lewis retourne en courant à l'orphelinat et se réfugie sur le toit, où il déchire les pages de son carnet d'invention.

Puis, Wilbur apparaît à nouveau et insiste pour que Lewis répare son scanneur mémoriel. Et pour lui prouver qu'il vient bel et bien du futur, il conduit Lewis à sa machine à remonter le temps.

« Vers le futur! » dit Wilbur. La machine décolle aussitôt. Lewis regarde par le hublot de la machine à remonter le temps, éberlué. Le futur lui apparaît emballant!

Wilbur lui parle à nouveau de réparer le scanneur mémoriel, mais Lewis n'a qu'une idée en tête — utiliser la machine à remonter le temps pour retourner dans le passé et aller voir sa mère. Lewis déchire les plans du scanneur mémoriel et tente de s'emparer des commandes de la machine à remonter le temps. Les deux garçons se querellent et finissent par s'écraser près de la maison de Wilbur.

Pendant ce temps, l'Homme au chapeau melon est toujours dans le présent. Il se pointe au siège social d'Inventco en tentant de se faire passer pour l'inventeur du scanneur mémoriel. Sauf que l'Homme au chapeau melon ne sait pas comment faire démarrer l'appareil! Le président d'Inventco le met à la porte!

« Il faut trouver le garçon », dit l'Homme au chapeau melon à Doris.

De retour dans le futur, Wilbur et Lewis ont réussi à pousser la machine endommagée dans le garage des Robinson. Lewis accepte de la réparer à condition que Wilbur lui promette de l'amener voir sa mère dans le passé.

Wilbur veut que personne ne sache que Lewis vient du passé. Il dépose un ridicule chapeau orné de fruits sur la tête de Lewis pour cacher ses cheveux et lui ordonne de rester dans le garage.

Lewis se dirige vers un Tube à voyager, mais il s'approche trop près. *Zooooum!* Lewis est aspiré dans le tube et propulsé dans un labyrinthe qui le fait voyager dans toutes les pièces de la maison des Robinson. Lewis termine sa course à l'extérieur, où il fait la rencontre de Bud, le grand-père de Wilbur.

Grand-père Bud et Lewis rentrent dans la maison où Lewis fait la connaissance de presque tous les membres de la famille Robinson, notamment oncle Gaston, le boulet de canon humain, oncle Art, un livreur de pizza intergalactique, la cousine Tallulah, qui porte une parure de cheveux en forme de gratte-ciel, oncle Fritz et son épouse, Petunia, une marionnette, et enfin le cousin Laszlo, qui se déplace grâce à son casque à hélice.

Wilbur est furieux lorsqu'il trouve Lewis. « Je t'avais dit
de rester dans le garage! »

« C'est ce que j'ai fait », rétorque Lewis. « Mais je me suis
approché du tube, et j'ai rencontré ta famille, et — »

La panique s'empare de Wilbur. Heureusement, personne
ne s'est rendu compte que Lewis vient du passé.

Pendant ce temps à l'orphelinat, l'Homme au chapeau melon est à la recherche de Lewis. Mais il n'y a que Goob dans la chambre.

Goob a été tabassé par ses coéquipiers parce qu'il a raté une balle et fait perdre le championnat de baseball à l'équipe. L'Homme au chapeau melon encourage Goob à nourrir sa haine.

Dans le futur, Wilbur parle à Lewis de son père, l'inventeur Cornelius Robinson, connu dans le monde entier comme le « Père du Futur ». Wilbur explique que quand les projets de son père échouent (comme dans le cas de Doris, qui devait à l'origine être un chapeau serviable), il tire des leçons de ses erreurs. La devise de Cornelius est « aller de l'avant ».

Inspiré par ce récit, Lewis essaie de réparer la machine à remonter le temps, mais sans succès.

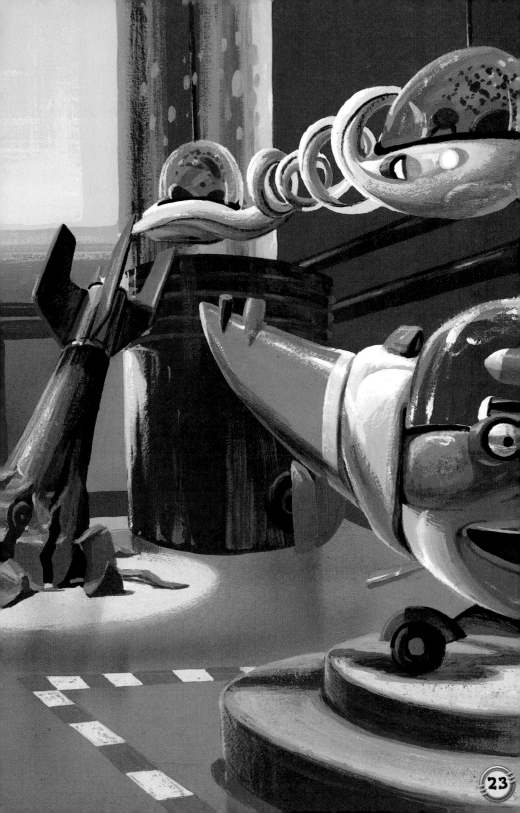

Franny, la maman de Wilbur, appelle alors les garçons à table pour le dîner. Ce soir, les Robinson mangent du spaghetti avec boulettes de viande. Oncle Gaston s'amuse même à lancer les boulettes avec un petit canon qu'il a inventé.

Au même moment, l'Homme au chapeau melon et Doris arrivent à bord de la machine à remonter le temps volée. Ils sont allés dans le passé lointain et ont ramené avec eux un dinosaure pour les aider à kidnapper Lewis. Commandé par Doris, placée sur la tête de l'animal, le tyrannosaure fonce dans la salle à manger et pourchasse Lewis.

Toute la famille entre aussitôt en action. Wilbur lance une boulette de viande avec le canon d'oncle Gaston. La boulette dévie sur un mur et frappe Doris de plein fouet, la faisant tomber de son perchoir.

L'Homme au chapeau melon n'a plus aucun contrôle sur la bête. Le tyrannosaure cesse de pourchasser Lewis. Le garçon est sain et sauf!

Les Robinson et leur robot, Carl, se rassemblent autour de Lewis. Ils sont tous d'avis que Lewis est un merveilleux garçon qui mérite d'avoir une famille qui l'aimera.

« Lewis, ça te plairait d'être un Robinson? » demande Franny.

Lewis n'arrive pas à y croire. Mais Wilbur ne peut pas laisser faire ça. Il retire le chapeau de sur la tête de Lewis. Les Robinson restent bouche bée en voyant les cheveux de Lewis, signe évident qu'il vient du passé. Franny dit à Lewis qu'il doit retourner dans son époque. En plus, Wilbur lui dit qu'il ne pourra pas l'emmener dans le passé pour voir sa mère.

Se sentant trahi, Lewis s'enfuit en courant.

Mais l'Homme au chapeau melon, qui a toujours plus d'un tour dans son sac, réussit à le trouver et lui promet de l'emmener auprès de sa maman. En échange, Lewis consent à lui montrer comment mettre en marche le scanneur mémoriel.

Dans une pièce obscure, froide et humide, Lewis met en marche le scanneur mémoriel. L'Homme au chapeau melon ligote ensuite Lewis et allume une lumière, révélant qu'ils se trouvent dans le vieil orphelinat.

La lumière révèle une autre surprise. Lewis connaît très bien l'Homme au chapeau melon...

« Eh oui! C'est bien moi! Mike Yagoobian », lance d'un ton méchant l'homme maigre et nerveux.

« Si tu ne m'avais pas empêché de dormir pendant toutes ces nuits où tu travaillais sur ton stupide projet, je n'aurais pas raté la balle », explique l'Homme au chapeau melon. « L'orphelinat a fini par fermer ses portes et tout le monde est parti, sauf moi. »

L'Homme au chapeau melon dit qu'il a volé la machine
à remonter le temps dans le futur pour pouvoir se venger
de Lewis et gâcher sa vie. Lewis comprend soudain
quelque chose d'encore plus aberrant : il va devenir
l'inventeur Cornelius Robinson, le père de Wilbur!

L'Homme au chapeau melon emmène Lewis et le scanneur mémoriel sur le toit, où il a garé la machine à remonter le temps qu'il a volée.

C'est alors que les secours arrivent! À la grande surprise de Lewis, Carl et Wilbur sont venus l'arracher des griffes de l'Homme au chapeau melon.

L'Homme au chapeau melon, qui est toujours en possession du scanneur mémoriel, saute à bord de sa machine à remonter le temps et retourne dans le présent. Il se présente chez Inventco, où il convainc le président d'acheter son scanneur mémoriel. L'Homme au chapeau melon a l'intention de changer le futur! S'il réussit, Lewis ne deviendra jamais un grand inventeur.

Pendant que Wilbur supplie Lewis de réparer leur machine à remonter le temps, un vrombissement étrange se fait entendre. Soudain, Wilbur est aspiré vers le ciel qui s'obscurcit.

« Wilbur! » crie Lewis. Mais dans le futur de l'Homme au chapeau melon, Wilbur n'existe pas.

Lewis doit faire vite s'il veut rétablir les choses. Travaillant avec acharnement, il fait un dernier réglage au propulseur de la machine à remonter le temps, qui démarre avec succès.

Lewis entre une date sur le tableau de bord. *Vrrrroum!* La machine à remonter le temps ramène Lewis dans le présent où le garçon se rend immédiatement au siège social d'Inventco.

« Goob, arrête! » ordonne-t-il. « Doris t'utilise, Goob, et quand elle aura ce qu'elle veut, elle se débarrassera de toi. » Lewis aperçoit alors Doris et promet de ne jamais l'inventer. Doris disparaît aussitôt.

Lewis et l'Homme au chapeau melon quittent Inventco à bord de leur machine et retournent vers le futur, qui est en train de se rétablir. À leur arrivée chez les Robinson, le soleil est de plus en plus éclatant. Et Wilbur est de retour!

Lorsque Wilbur voit l'Homme au chapeau melon, il se rue vers lui. « C'est lui le vilain! » crie Wilbur.

« Non, c'est mon compagnon de chambre », dit Lewis.
Pendant que les deux garçons discutent, l'Homme au
chapeau melon s'éclipse silencieusement. Il est temps
pour lui de trouver sa propre destinée.

Cornelius Robinson arrive à ce moment et rencontre Lewis.

« Ohhh! » fait Lewis. « Ainsi, si je retourne dans le présent maintenant, ceci sera mon futur! »

« Tout dépend de toi », rétorque Cornelius. « Tu dois prendre les bonnes décisions et aller de l'avant. »

Lewis salue les Robinson.

Wilbur tient sa promesse et conduit Lewis dans
le passé, pour qu'il voie sa mère, ce dont Lewis a
rêvé toute sa vie. Puis Lewis remonte à bord de la
machine à remonter le temps, sachant qu'il doit
aller de l'avant et vivre la vie qui l'attend.

Wilbur ramène Lewis dans le présent. Mais avant de retourner à l'expo-science, Lewis se rend d'abord en courant au terrain de baseball.

« Goob! Réveille-toi! » crie-t-il par-dessus la clôture. Le petit Goob endormi bâille, tend le bras. . . et réussit l'attrapé qui donne la victoire à l'équipe. La foule applaudit. Goob est un héros!

GO DINOS

Lewis se rend à l'expo-science et demande qu'on lui accorde une deuxième chance de faire la démonstration de son invention. La professeure Krunklehorn se porte volontaire pour tester le scanneur mémoriel.

« Vous n'avez qu'à me donner une date », dit Lewis. Une fois la date entrée, le scanneur mémoriel s'illumine, puis apparaît une image du mariage de la professeure Krunklehorn. L'invention de Lewis fonctionne!

La professeure Krunklehorn est impressionnée.
En fait, elle et son mari, Bud Robinson, décident
d'adopter Lewis qui s'appellera désormais Cornelius.
Lewis a enfin une famille, et un brillant avenir
l'attend.

ŒIL DE LYNX

Tu peux aussi remonter le temps et retourner dans le livre pour tenter de trouver ces images futuristes.

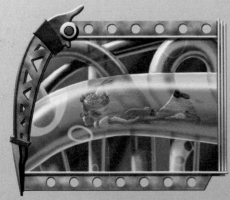